AF249762

ODES
POVR LE ROY
EN DIVERSES LANGVES.

A PARIS,

Chez SEBASTIEN MABRE-CRAMOISY,

Imprimeur du Roy.

M. DC. LXVIII.

REMERCIMENT
AV ROY.
O D E.

POVR rendre à tes Bienfaits ce que je puis leur
    rendre,
    Grand Roy, que dois-je souhaiter ;
Sinon que ta Bonté, qui vient de les répan-
    dre,
    M'aide à les pouvoir meriter ?

Je puis bien par mes Vers, au Temple de Memoire,
    Consacrer tes Faits glorieux ;
Mais que peuvent les Vers, qu'vne fidelle Histoire
    Ne le puisse encor beaucoup mieux ?

A ij

Je puis chanter ta Gloire en la langue du Tage,
	Et j'oserois estre garent,
Que l'Ibere croira, que c'est un juste hommage
	Que l'Espagne mesme Te rend.

Je puis à l'Italie apprendre ta Vaillance,
	Avec des termes assez purs,
Pour luy faire douter, si peut-estre Florence
	Ne m'a point vû naistre en ses Murs.

Que si des vieux Romains le stile noble, & juste
	Est plus propre à Te bien loüer;
Je puis faire des Vers que le Siecle d'Auguste
	Auroit peine à desavoüer.

Mon zele toutefois conte pour peu de chose
	Tout ce que je viens de vanter;
J'aspire à Te servir; & si je ne m'impose,
	J'ay dequoy m'en bien acquiter.

J'ay de l'Ardeur au moins; mais une Ardeur extréme,
	Et si digne enfin de mon Roy,
Que pour sa propre Gloire il ne sçauroit Luy-mesme
	Avoir plus de Chaleur que Moy.

Que si le Ciel, peut-estre, à mon esprit dénie
	Toutes les lumieres qu'il faut;
Il en échappe assez de ton vaste Genie,
	Pour supplées à ce defaut.

C'est ainsi qu'en ton Camp ta Valeur heroïque
　　Passe jusqu'aux moindres Soldas ;
Et qu'à quelque Entreprise où ton Choix les applique,
　　Tout devient possible à leur bras.

La Flandre en peut servir d'une preuve fidelle ;
　　La Flandre dont les vastes Forts
Ont osé vainement de tes Armes contre Elle
　　Soûtenir les puissans efforts.

La Comté peut encore en rendre témoignage ;
　　Le Passé flatoit son Orgueil ;
Elle croyoit des Tiens déja voir le Courage
　　Se creuser chez Elle un Cercueil.

Tes Guerriers cependant ; malgré l'Hiver contraire ;
　　Malgré ses Remparts, & ses Tours ;
Et malgré les efforts qu'Elle a tenté de faire ,
　　L'ont conquise en moins de dix jours.

Mais que ne peut un Camp qui Te voit à sa Teste
　　Affronter par tout le danger !
Si Tu veux que du Monde il fasse la Conqueste,
　　Sous tes Loix il peut le ranger.

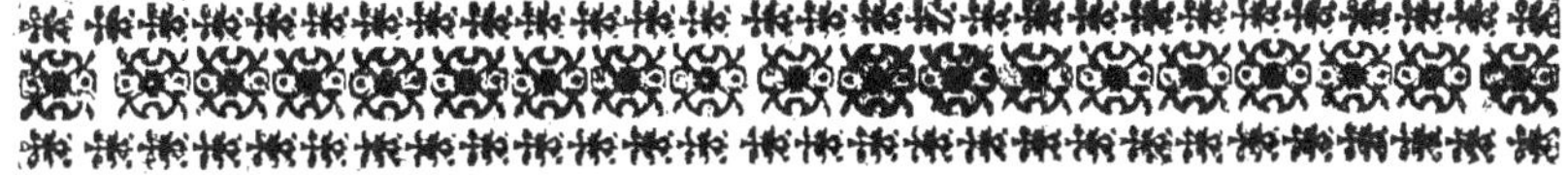

R E G I.

O D E.

TENTARE laudes dum meditor tuas,
  Adfis vocanti, Rex bone ; Apolline
    Vti recufem, vel favente,
      Si melior LODOICVS afflat.
At ô canendum quid prius occupem ;
Cùm tanta laudum copia fuppetat ?
    Dicamne quàm conftans laboris
      Imperii moderere clavum ?
Dicamne cœlo lapfam iterum Themin,
Tuifque Terras vifere vocibus
    Actam ? vel erectas renarrem
      Quæ priùs, ah nimium fepultæ,
Artes jacebant ? an loquar hofpita
Jam cuncta velis littora Gallicis ;
    In publica aut quidquid, benignus,
      Commoda confuluiffe gaudes ?
Tuum tuum fit feligere inclytus
Quo Nomine optes fulgere Pofteris ;
    Queis præftet & feri decorum
      Te celebrent Titulis Nepotes,

Nam parte ab omni ; five Tuos regis,
Seu Dextra Bello fulminat, emines
    Cantandus, ô præfentis Ævi
    Grande decus, ftupor & futuri !
Te Regni in ipfo limine, nobili
Lauro coronatum, afferuit fibi
    Victoria: ô qualis fuifti
    Talibus aufpiciis videndus
Gnaris futuri Mentibus ! ilicet
Maturus & tunc egregiis Puer
    Palmis, & infignes Triumphos
    De tenero meditatus vngui.
Sic enecatis Anguibus Hercules
Prælufit Hydræ; fic Nemeo tener
    Prælufit in cunis Leoni;
    Mox humeros oneratus aftris.
Cinxere facram quæ Tibi fæpius
Exinde Frontem dicere quis queat
    Lauros; & ô quantis fuperbi
    Fracta Tibi jacuit ruinis
Virtus Iberi; quantus & additum
Necquicquam Ibero contudit impetus
    Germanum, & è toto cruentas
    Cedere Rheno Aquilas coëgit?
Hæc magna, Princeps, Numine quæ tuo
Sunt gefta; quanto fed tua præftitit
    Majora Virtus; conftitutæ
    Cùm Tibi quæ fuit antè Pignus

Mercefque Pacis pulchra Therefia,
Beli ipfa caufas præbuit; & tuis,
    Quos vna tardarat, feracem
    Materiam tribuit Triumphis.
Teftes fubacti Belgæ, & Ibericis
Defenfa fruftra Mænia viribus;
    Te ftante contrà, téque Turres
    Fulmineâ jaculante Dextrâ.
Sed Te quis Hoftem Murus aheneus
Sufferre præfentem, aut quæ inimica vis
    Poffit, periclum quem nec vllum,
    Nec facies movet vlla cœli!
Seu torret Agros Herculei igneum
Sydus Leonis, fævit Aquario
    Seu Bruma, Tempeftas metendis
    Apta venit Tibi cuncta Palmis.
At Sequanorum quanta in Agris Tibi,
Qualifque nuper (cœlo hyemalibus
    Horrente necquicquam pruinis)
    Eft gladio refecata Meffis.
Gallus Triumphis accinit; exteræ
Stupentque Gentes; dumque animo æftimant
    Tot gefta, in hoc hærent, vtrum fis
    Confilio, potiorve Dextrâ.
Te jamque in vnum mille Laboribus
Clarum, atque forti Pectore nobilem,
    Recumbit inclinatus Orbis;
    Huc ades vnica fpes labanti.

Nam

Nam, five victor jura voles dare
Per cuncta Terrarum, arma vbi coeperis
    Primum in reluctantes movere,
      Undique in obfequium ruetur.
Audire Pacis feu magis Arbiter
Amas, refident afpera, Regio
    Pacata nutu, bella; erifque
      Compofito venerandus Orbi.

PER LE CONQVISTE
DEL RE.

NON d'alte torri cinte,
  E gravide d'armati ampie Fortezze;
  Non mille, al gran Luigi incontro spinte
  Squadre, alle stragi, ed alle palme auvezze
  Ponno all'invitta Mano
  Contrasto far, se non debile e vano.

S'Egl' impugna l'acciaro,
  Anelante il Terror precorre i passi;
  E fida la Vittoria il volo al paro
  Libra, e di coronarlo in atto stassi:
  Splende l'aria d'intorno;
  E di novelli rai fiammeggia il giorno.

Ed ò quai prove, e quante
  Di sommo ardir, di forte petto Ei diede,
  Quanti crollò ripari intatti avante;
  Quant'opre fè, che vincon ogni fede,
  Allor che per Teresa
  Mosse l'armi temute à giusta impresa.

Dite'l voi generosi
  Del suo valor seguaci, e testimoni;

Voi che l'augusto Eroe, ne' piu dubbiosi
  Casi vedeste, & ne' piu duri agoni,
  Intrepido la Testa
  Espor de' cavi bronzi alla tempesta.

Se non che Man celeste
  Di solido adamante à lui fè scudo;
  Ah come si tignea delle funeste
  Palle nel Regio sangue il nembo crudo!
  Così avvien à chi cerca
  Gran gloria; ch' à gran rischio ella si merca.

Pur gia titolo vile
  Gli par la Fiandra vinta, e volgar pregio;
  Ond' Egli di vittoria nuovo stile,
  E nuovo à se di gloria ordisce fregio;
  E vuol ch'a Lui d'allori
  Prodighi sien del verno anche gli orrori.

Soli l'algente piuma
  Per l'aria dibattean dal freddo Polo
  Scappati gli Aquiloni; e d'aspra bruma
  Indurato torpea deforme il Suolo;
  Ne piu davan gli vsati
  Tributi al Mare i Fiumi incatenati.

Tronca i riposi brevi
  Il gran Re, cui nel core immenso avvampa
  Desio d'onore; e per le folte nevi
  Le rapide orme impetuoso stampa:

Va, vede, vince; e quale
Giunse à Nemici pria, torna à suoi tale.

Torna improviso: ah quanto
Alma accesa di gloria abbraccia, ed osa!
Ecco ch' altri Trofei disegna, in tanto
Che delle fresche Palme all' ombra Ei posa;
Ne ben l'armi s'ha tratte,
Che gia di rivestirle auvien ch' Ei tratte.

A' Real cenni intenta
D' Apparecchi guerrier la Francia freme:
Gia l'alto Eroe, cui'l Mondo ama, e paventa,
Il Belgico Leone incalza e preme;
Gia pien di nobil sdegno,
Alza la spada, e di ferir fa segno.

E ben gli orrendi Artigli
Tutti in vn gli troncava, e l'ampie Zanne,
Onde non piu dalui danni, ô perigli
Temesser mai le Galliche Capanne:
Se non ch'ei cadde affatto,
Del gran Luigi à piedi vmile in atto.

Qual contr' vom, che s'inchina
Prostrato, incrudelir Leon non suole;
Tal il gran Re, lui che'l gran capo china,
E i piè gli lambe, piu ferir non vuole:
Ma di tal piaga il lascia
Trafitto, che mal regge all' aspra ambascia.

A LA CONCLVSION
DE LA PAZ

HABLA ESPAÑA

O de quantos Cetro rigen,
Rey el mayor y mas fuerte,
De los Paſſados afrenta,
Gloria del Siglo Preſente!
Cuyos immortales Hechos,
En guerra y Paz eſcurecen
De Carlos lo Valeroſo,
De Filipo lo Prudente :
Y cuyas invictas Armas,
Deſde el Levante al Poniente,
Quien no las teme, las ama;
Quien no las ama, las teme.
Ya que, depueſto el aZero,
La Mano de Paz me tiendes,
Sufre (por mas que ſufrillo
A tu Modeſtia le peſe)
Sufre que en aclamaciones,
Pues tu Valor las merece,
A tu Moderacion pague
Lo que mi Gloria le deue.

B iij

Que ſi en rigor, no quiſieras
    Freno à Ti Miſmo ponerte,
    A ponerlo à tus Victorias
    Por demas fuera atreverme:
Y por demas contra Ti
    Todo el Mundo rebolverſe:
    Que lo que no puede Eſpaña,
    Todo el Mundo no lo puede.
Tu ſolo fuerças tenias
    Baſtantes para vencerte:
    O bien ayas que rendiſte
    A vn contrario tan valiente.
Que dello, ſi bien lo miras,
    Mayor gloria ſe te viene,
    Que de ſujetar, con Armas,
    Provincias, Plaças, y Fuertes:
Y por lo que de invincible
    Tienes, y por ſer quien eres,
    Mas que ſi à Todos las dieras,
    Fue darte à Ti Miſmo Leyes.
De Mas que el vencer à Eſpaña
    No era para poderte
    Dar gloria; pues de tu Vando
    Lo Mejor de Eſpaña tienes.
La Hermoſa, digo, Tereſa,
    Que para afrentas celeſtes,
    Cifrados en breve Esfera,
    Dos Soles al Mundo ofrece:

Y en quien el Sumo Bien quiſo
Tanto infundir de ſus Bienes,
Que el ſer Reyna es en Ella
Lo que menos la engrandece.
Mil años Ambos vivays,
De gloria llenos, y ſiempre,
Ella Hermoſa, quanto Caſta;
Tu Dichoſo, quanto Fuerte.
Tu de tantos Mirtos, tierno
Corones ſu bella Frente,
Quantas ſon las que à ſu Pecho
Fineʒas tu Amor le deve.
Y a Ti, domada la Luna,
Te ciñan las ſagras Sienes,
Cortados por tu Eſpada,
Mil Idumeos Laureles.

REGNIER DESMARAIS.